夢《ゆめ》の中に　そっと

宮本美智子 詩集

絵・阿見みどり

〝夢《ゆめ》の中に　そっと〟に捧《ささ》げる序詩《じょし》

宮中《みやなか》　雲子《くもこ》

心のうたを
文字にしてきた年月
それは　人の生きてきた証《あかし》
詩に注《そそ》いできた情熱は
さまざまな生活の変化にも
めげることなく
今に続いています
絶《た》えず求められる新しい発見

表現《ひょうげん》の工夫《くふう》
詩に独自《どくじ》の世界を
展開《てんかい》するために
味わってきた苦しみ
乗り越《こ》えて迎《むか》えた今日
一人の詩人の道程《どうてい》となるこの詩集
〝夢の中に　そっと〟の誕生《たんじょう》を
真底《しんそこ》　お祝《いわ》い申し上げます

もくじ

〝夢《ゆめ》の中に　そっと〟に捧《ささ》げる序詩《じょし》　宮中雲子

I　**夢《ゆめ》の中に　そっと**

夢の中に　そっと　8
星のふるさと　10
あかちゃんうまれた朝だから　12
おかあさんの灯《ひ》　14
お花のレストラン　16
いいかおしてね　ライオンさん　18
ケーキの上のサンタクロース　20
いちごとりんご　22

にじ色の町　24
こなゆき　リンリン　26
四月　28
七月の青空　30
夕映《ば》え　32

Ⅱ

小さな浜辺《はまべ》

小さな浜辺　36
ポニー　38
うさぎのマイク　40
こんにちは　さようなら　42
地面《じめん》に電車を　かいたらね　44
しゃぼんだまの中に　46

午後の庭　48
きゅうりの花となすの花　50
もう少しだけ　52
水の音　54
「睡蓮《すいれん》」　56
マリポーサ　58

Ⅲ　星空・鈴《すず》の音色《ねいろ》

星空・鈴の音色　62
祈《いの》り　64
水のゆくえ　66
海のみえる学校　68
卒業《そつぎょう》　70

卯《う》の花　72
あいちゃんとでんわ　74
虫のお店屋さん　76
笹舟《ささぶね》　78
月光　80
誕生日《たんじょうび》のあなたへ　82
春になれば花を愛《め》で　84
とうろう流し　86

あとがき　88

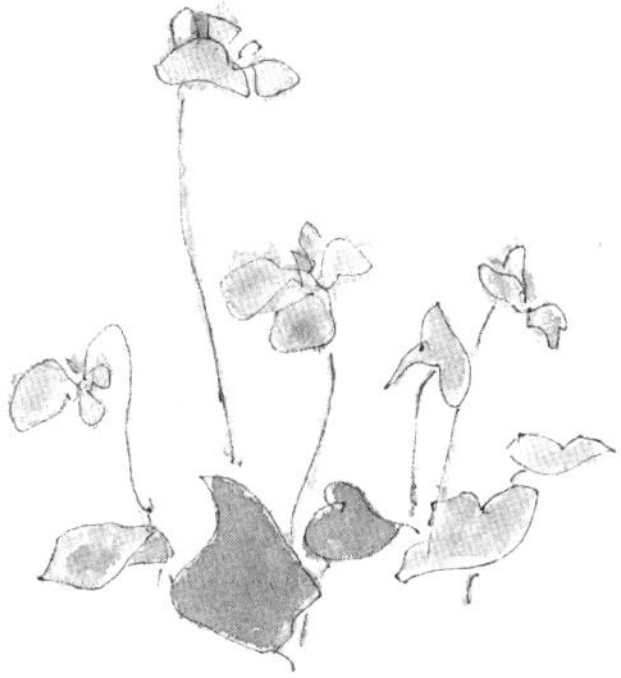

Ⅰ

夢《ゆめ》の中に　そっと

夢《ゆめ》の中に　そっと

木枯《こが》らしの夜は　いつも
ページをめくる音と
ささやくような声と
ほのかに明るいランプのような
絵本の場面が眠《ねむ》りを誘《さそ》う

たぬきのポン太とウサギのミミは
山の斜面《しゃめん》をかけまわりました
雪の粉《こな》が舞《ま》いあがり

月明かりの下で
　キラキラ散《ち》っていきました

木枯らしの夜　母が聞かせてくれた
森の動物の物語
私《わたし》がさびしくないように
枕《まくら》もとにぬいぐるみ置《お》くように
母は　夢の中に　そっと
永遠《とわ》のともだち　宿《やど》してくれた

星のふるさと

あの星はどこから来たの？
　お山のむこうの花の里よ
幼《おさな》いころの母との会話を思い出し
ある日お山のむこうをたずねてみた
そこにはやはり花の里があった
白いりんごの花房《ぶさ》がゆれ
どの家も広い花畑に囲《かこ》まれていた

その夜　目を閉《と》じると

母と読んだ絵本の一ページが思い出された
バラ園が海のようにひろがって
その上を赤や黄色の星が
宝石《ほうせき》のように光っていた

そうして花と星の境目《さかいめ》の
あわくぼやけた水の色……
「あそこが星のふるさとなのよ」
夢《ゆめ》の入口をさまよいながら
やさしい声を聞いた気がした

あかちゃんうまれた朝だから

小鳥もねんねの　朝でした
空いっぱいの　星でした
金の星くず　まきながら
うたっているのは　星のこども
三日月《みかづき》の　ハープの伴奏《ばんそう》
ふたご座《ざ》　くちぶえ　たからかに
あかちゃんうまれた　朝だから

小犬もねんねの　朝でした

庭《にわ》いっぱいの　雪でした
銀《ぎん》のつららの　クレヨンで
星の絵かくのは　雪のこども
おおぐま座　となりにこぐま座
うさぎ座　きりん座　にぎやかに
あかちゃんうまれた　朝だもの

お外はだんだん　明るんで
ももいろほっぺの　光のこども
お窓《まど》をのぞいて　見てました
あかちゃんねんねを　見てました

おかあさんの灯《ひ》

雪はおおいかぶさるように降《ふ》ってきた
もう日はとうに暮《く》れて
村はずれの峠《とうげ》の道は
ゆき交《か》うひとなどいなかった

おかあさんはどこに行ったのだろう
知りあいの家をたずねても
今日は誰《だれ》も来《こ》ないという
どこかで倒《たお》れているんだろうか

雪に消された風景《ふうけい》の
輪郭《りんかく》のない道を辿《たど》っていると
異次元《いじげん》の世界へ来たようで
未知《みち》の恐怖《きょうふ》が襲《おそ》ってくる

傘《かさ》をたたみ村の方へかけもどる
ふりしきる雪のむこう
見えかくれするわが家《や》の赤い灯
おかあさんがともした灯だ

いいかおしてね　ライオンさん

おみみに　ちょうちょが　とまったら
しゃしんをとって　あげるから
いいかおしてね　ライオンさん

しっぽに　ちょうちょが　とまっても
しゃしんをとって　あげるから
うごいちゃだめよ　ライオンさん

そんなに　そんなに　にらんでは

ちょうちょは　どっかへいっちゃうよ
いいかおしてね　ライオンさん

カメラをむけて　まってても
ちょうちょは　くるくる　まうばかり
もすこしまってね　ライオンさん

とうとう　ちょうちょは　にげたけど
しゃしんをとって　あげるから
いいかおしてね　ライオンさん

ハーイ　パチリ

ケーキの上のサンタクロース

ケーキの上の　サンタクロース
ろうそくの灯《ひ》　ともしたら
赤いほっぺで　見上げたよ
いちごと　バラの花の中へ
遊びにおいでと　いうように

ケーキの上の　サンタクロース
囲《かこ》んで賛美歌《さんびか》　うたったら
腕組《うでく》みしながら　聞いてたよ
みんなのお祈《いの》り　神さまに
届《とど》くといいなと　いうように

いちごとりんご

いちごとりんご
いちごとりんご
いちごとりんご

あいちゃんのスカート　いちご
いちごのもようが　いっぱいいね
まなちゃんのスカート　りんご
りんごがいっぱいいね

いっしょに歩けば　ゆれる
いちごとりんごが　ゆれる
くるくるまわれば　おどる
いちごいちごりんごりん

いちごいちごいちごりんごりん
いちごいちごいちごりんごりん
いちごいちごいちごりんごりん
いちごいちごりんごりんごりん　ヘイ

にじ色の町

雨あがりの町が
水たまりの上に
うつっているよ
空も山も　ポプラ並木《なみき》も
きらきらと　にじ色の
粉《こな》をあびて
いつか　絵本で見たように
チャペルの鐘《かね》が

水たまりの町に
ひびきわたるよ
塔《とう》も鳥も　夕やけ雲も
ゆらゆらと　にじ色に
染《そ》まりながら
どこか　知らない国のように

近くて遠い
にじ色の町
お花のボートにのって
私《わたし》も行ってみたいな

こなゆき　リンリン

ゆこちゃんと　おそろいの
まっかなてぶくろ　うれしいな
ふたりの両手《りょうて》が　お花になった
「いいね　いいね」と　こなゆきが
リンリン　リンリン　まわってる

ゆこちゃんと　おそろいの
てぶくろ人形《にんぎょう》　かわいいな
ベレーの帽子《ぼうし》の　ふたごのあかちゃん

「見せて　見せて」と　こなゆきが
リンリン　リンリン　とんでくる

ゆこちゃんと　おそろいの
まっかなてぶくろ　夢《ゆめ》いっぱい
チャイムが鳴ってる　走っていこう
「まって　まって」と　こなゆきが
リンリン　リンリン　追《お》ってくる

四月

庭《にわ》に咲《さ》いたこでまりを
母の遺影《いえい》に供《そな》えながら
いろんなことを話しかける

元気で働いている父のこと
田舎《いなか》で野菜を作っている叔母《おば》のこと
きのうテレビで見た
アフリカの子どものことも

こでまりの花に風が吹《ふ》いて
花ふぶきが母の髪《かみ》にふりかかる

きれいねえ　おかあさん
あなたの好《す》きな
四月が今年も

七月の青空

七月の青空はセルリアン・ブルーの海の色
澄《す》みきった水面《すいめん》に
光の波がゆれている

この青い空の海を
南へ南へ漕《こ》いだなら
モンキーバナナのたくさん実《みの》る
母の住んだ島に着くかしら

あの島で戦時中
母は赤十字《せきじゅうじ》の看護婦《かんごふ》をしていた
食べ物をくれたという島の人たち
もうこの世にはいないだろうな

七月の青空に
母の青春を問うてみる
波乱《はらん》に満《み》ちた人生だったのに
笑顔《えがお》ばっかり浮《う》かんでくる

＊赤十字（日本赤十字社赤十字病院）

夕映《ば》え

夕陽《ゆうひ》をあびると川は
湖水《こすい》のように　輝《かがや》きはじめた

こんな日暮《ひぐ》れの水際《みずぎわ》で
おばあさんはどろんこの
鍬《くわ》や鎌《かま》をあらっていた
わらのたわしから雫《しずく》が散《ち》って
小さな水輪《みずわ》がいくつもできた

おばあさんが死《し》んだ日に
くすぶるように燃《も》えていた夕陽《ゆうひ》
おばあさんの　たき火の色と似《に》ていたな

しわくちゃの笑顔《えがお》
曲《ま》がった体
野良着《のらぎ》の干《ほ》し草のにおいまで

浮《う》かんでくるよ　なにもかも
オレンジ色のスクリーンに

Ⅱ

小さな浜辺《はまべ》

小さな浜辺《はまべ》

小さな浜辺の　水ぎわで
きれいな貝がら　見ていると
小さな歌声　きこえてきます

なぎさの　赤い貝がらは
きらきらかわいい　夕日の子
ゆうやけ雲から　舞《ま》いおりて
白いはまゆう　咲《さ》き匂《にお》う
小さな浜辺に　遊びにきたの
──そうして　そうして　さざ波と

いったりきたりの　なわとびしてる

なぎさの　黄色い貝がらは
きのうの夜の　流れ星
はるかな銀河《ぎんが》を　かけぬけて
あわい光を　ちりばめた
小さな浜辺に　たどりついたの
——そうして　そうして　水草《みずくさ》の
おさかなの夢《ゆめ》に　あかりをつけた

小さな浜辺の　ステージで
うたっているのは　風かしら
うたっているのは　波かしら

ポニー

ポニーは　いつも
牧場《まきば》の小さな湖《みずうみ》で
おいしそうに水を飲む

だからポニーの瞳《ひとみ》は
湖水《こすい》のように澄《す》みきって
森や林の影《かげ》を
その奥底《おくそこ》にひそめている

すみれの紫《むらさき》がつづく　谷間の傾斜《けいしゃ》を
たまには　駆《か》けてゆきたかろうに
柵《さく》のむこうの果《は》てしない世界を
夢《ゆめ》見たことはないのだろうか

牧場の風や光がふりまく
新しい息吹《いぶき》を感受《かんじゅ》して
ポニーの瞳は
さらに透明度《とうめいど》を増《ま》してゆく

＊ポニー（小馬）

うさぎのマイク

おうちのお庭《にわ》で　うまれたね
たくちゃんが最初《さいしょ》に　みつけたね
わらくず集《あつ》めた　まあるい巣《す》から
小首《こくび》をのばして
うさぎのマイク
こなゆき見てたの　そうなのね

お花のまわりをはねてたね
たくちゃんのおひざで　眠《ねむ》ったね

そおっと誰《だれ》かが　抱《だ》こうとしたら
お顔をうずめて
うさぎのマイク
いやいやしてたの　そうなのね

ひかりの階段《かいだん》　のぼったね
うちじゅうみんなで　おくったね
ごらんよあの雲　うさぎの親子
お空の野原を
かわいいマイク
かあさんとおさんぽ　そうなのね

こんにちは　さようなら

おおなみこなみ　だっこして
わたしのひざまで　よせてくる
いろんなお国の　おともだち
知っている？　おしえてね
こんにちは　さようなら

浜辺《はまべ》で見つけた　さくら貝《がい》
宝石《ほうせき》みたいに　ひかってる
ゆらゆらゆれる　海の底

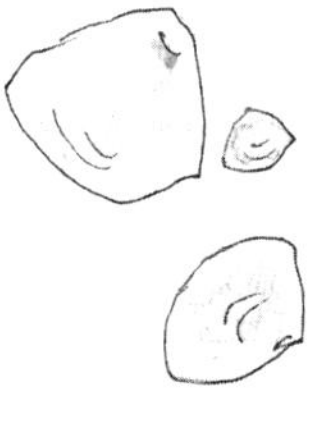

知っている？　おかえりよ
こんにちは　さようなら

お日さま西に　かたむいて
赤いカニさん　石の穴《あな》
目玉《めだま》をキョロキョロ　のぞかせて
まってるの？　かあさんを
こんにちは　さようなら

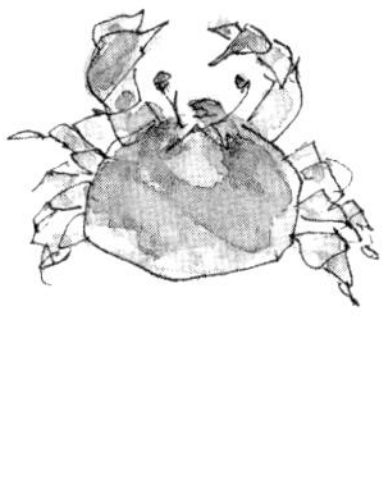

地面《じめん》に電車を　かいたらね

地面に電車を　かいたらね
どんぐりひとつ　おちてきた
あらあら　かわいい　おきゃくさま
枝《えだ》をはなれて　どこいくの？

地面に電車を　かいたらね
いちょうのはっぱも　とんできた
おやおや　きれいな　おきゃくさま
そんなにいそいで　どこいくの？

地面に電車を　かいたらね
すすきのわた毛も　まいおりた
ふわふわ　やさしい　おきゃくさま
電車はもうじき　まんいんよ

しゃぼんだまの中に

しゃぼんだまの中に
虹《にじ》の橋《はし》が　見えた
きらきら　きらきら
きらきら　はねながら
あわっこ天使《てんし》が　わたっていたよ

しゃぼんだまの中に
おはなばたけが　見えた
くるくる　くるくる

くるくる　ころがって
あわっこ天使が　あそんでいたよ

しゃぼんだまが　いっせいに
高く高く　まいあがる
ゆらゆら　ゆらゆら
ゆらゆら　ゆれあって
あわっこ天使の　青空旅行《りょこう》

午後の庭《にわ》

花水木《はなみずき》の木陰《こかげ》で
子うさぎが昼寝《ひるね》している
柿《かき》の木の根もとに紅《あか》いサルビア
その下でとかげが獲物《えもの》を探《さが》している

春蘭《しゅんらん》　すいかずら　クリスマスローズ
小さな庭のあちらこちら
花を終えた草々《くさぐさ》が
静かに葉を生育《せいいく》している

この白い塀《へい》の内側
みなぎる草木《くさき》のすがしい精気《せいき》
木洩《こも》れ陽《び》を横切って
もんしろ蝶《ちょう》が飛んでいく

うすい羽が空にキラキラ
これから何処《どこ》へいくのだろう
森の泉《いずみ》？　山の花畑？
心がはずむ　秘密《ひみつ》めいた午後の庭

きゅうりの花となすの花

きゅうりの花となすの花
むかい合って咲《さ》いている
野菜畑《やさいばたけ》は青い空
ふわふわ白い雲ひとつ

きゅうりの花になすの花
何のおはなししているの
そよそよ風がふいたから
ちょっと小首《こくび》をかしげたね

きいろい花もむらさきも
やがておいしい実になって
朝の畑で光るかな
夕べの鐘《かね》にゆれるかな

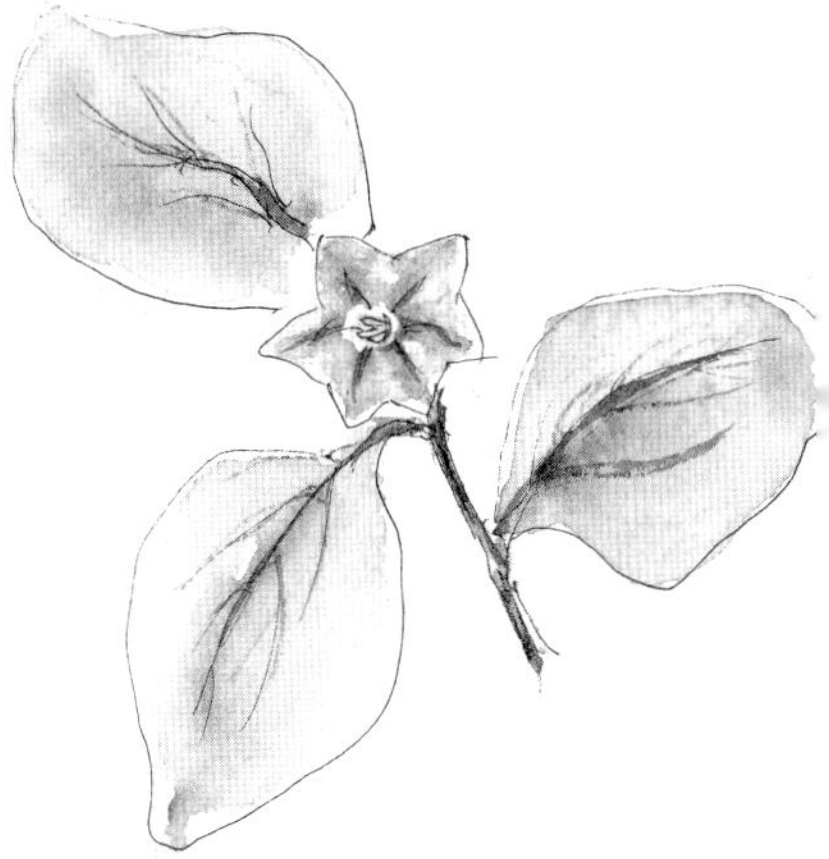

もう少しだけ

森の奥《おく》の　動物たちは
いったいどこに　かくれたのかしら
こんにちはって　呼《よ》んでみても
笹《ささ》の葉《は》チラッとゆれるだけ
小やぶがキラッと　光るだけ

谷の浅瀬《あさせ》の　さんしょううおは
いつまでじっと　してるのかしら
どうしたのって　聞いてみても

石におんぶして　うごかない
化石《かせき》のふりして　うごかない

ごめんね　森の動物たち
私《わたし》がきたので驚《おどろ》いたのね
でも　もう少しだけ　少しだけ
入日《いりひ》のころには　帰るから

水の音

清らかな谷の水が
里におりて小川をつくった
小川は一日中きれいな水音《みずおと》をたて
村人の心をなごませた

コロロン　コロン　コロン
夜更《よふ》けて聞くその水音は
はるかな天から洩《も》れてくる
神様の歌声に思《おも》われた

月日は流れ　山里は遠く
往来《おうらい》の車の音を聞いて眠《ねむ》る現在《いま》
近づいては消えるその音が
何故《なぜ》かあのせせらぎに似《に》て

きこえてくる　なつかしい歌声
水辺《みずべ》に憩《いこ》う動物たちや
川辺《かわべ》の　光る小石を想《おも》いながら
今夜もやさしい眠《ねむ》りにさそわれていく

「睡蓮《すいれん》」

クリスチャンが眠《ねむ》る前
必ず祈《いの》りを捧《ささ》げるように
私《わたし》は壁《かべ》の「睡蓮」の絵をあおぐ
絵の中の花に一日の終わりを告《つ》げる

絵も私に応《こた》えるように
その水面《みなも》をきらめかせ
樹木《じゅもく》の影《かげ》をのばして
ゆらめきながら近づいてくる

睡蓮はうす陽《び》を抱《いだ》いた白雲《しらくも》か
遠く近くに散在《さんざい》し
湖沼《こしょう》に七色の光を放《はな》っている
私の心も水になじんで

次々《つぎつぎ》浮《う》かぶ今日会った人たち
やさしい人も　厳格《げんかく》な人も
ここでは一様《いちよう》に微笑《ほほえ》んで
赤や黄色の花影《はなかげ》にいる

マリポーサ

なだらかな山すそで
花は　白い蝶《ちょう》に見えた
何匹《なんびき》も何十匹も　かたまって
羽をひろげたまま　休んでいた

マリポーサ　キューバの国花
独立戦争《どくりつせんそう》の際《さい》　女性運動家たちが
花束《はなたば》の中に手紙をひそめ
連絡《れんらく》し合った　革命《かくめい》の花

伝説《でんせつ》めいた由来《ゆらい》を思い出しながら
近づくと　突然《とつぜん》
なまあたたかな風が吹《ふ》いてきた
蝶は今にも
風にのって飛びたちそうに
羽をふるわせた

Ⅲ　星空・鈴《すず》の音色《ねいろ》

星空・鈴《すず》の音色《ねいろ》

影絵《かげえ》のような夜だった
田んぼも畑も雪でおおわれ
紫《むらさき》の空から星が照《て》らせば
雪野《ゆきの》はなめらかに蒼《あお》く光った

遠くで列車《れっしゃ》の音がして
白銀《はくぎん》の山肌《はだ》に
鈴の音色をひとときひびかせ
星空の中に消えていった

転校を目前《もくぜん》に控《ひか》え
悲しみと不安の入り混《ま》じった心の風景《ふうけい》に
美しくよぎった　鈴の音色
　冴《さ》えた星空を見るたび想《おも》う――

あの夜　星屑《ほしくず》にまぎれたそれは
そのまま鳴りひびいているのだと……
遠い遠い宇宙《うちゅう》の果《は》ての
銀河《ぎんが》の雫《しずく》のしたたりの中で今も

祈《いの》り

バッハのフーガを聴《き》きに
ピアノコンサートに行った
夕ぐれのザビエルホール
音色《ねいろ》が風のように舞《ま》っていた

明るいステージで演奏《えんそう》している
小柄《こがら》なピアニストの姿《すがた》が
広い野原のまん中の
自分の姿《すがた》と重《かさ》なってくる

昼間《ひるま》　私《わたし》は草を刈《か》った
緑や金になまめく束《たば》を
つかんでは鎌《かま》で刈《か》りとった
草穂《くさほ》が鈴《すず》のように鳴っていた

組んだ両手の指先に
フィナーレのメロディが流れくる
エンジェルの祝福《しゅくふく》を受けて
ピアニストの髪《かみ》がキラッと光った

水のゆくえ

谷あいのながれ　小さなながれ
私《わたし》の指を　くぐりぬけて
今過ぎた　水のゆくえ
いつか大きな　川をながれて
遠い雲の下　遠い風の中
知らない人に　うたうかしら

谷あいのながれ　やさしいながれ
足のうらを　くすぐって

今過ぎた　水のゆくえ
いくつかの町　つらぬいて
遠い空の下　遠い海の中
さくら貝《がい》を　抱《いだ》くかしら

ここはふるさと　帰れぬふるさと
だから水よ　憶《おぼ》えてください
この谷あいの　静かな気配《けはい》

海の見える学校

雨あがりの瀬戸内海《せとないかい》は
たなびく靄《もや》に大小の島影《しまかげ》うすく
まだ人類《じんるい》が住みついていない
神話の世界を想《おも》わせた

神々《かみがみ》が矛《ほこ》で海をかきまわし
その矛を引き抜《ぬ》いた時に
雫《しずく》が落ちてできたという島は
どの辺《あた》りにあるのだろう

教室の窓《まど》を閉《し》めて
ガラス越《ご》しに海を見返せば
はるかな時間のむこうに浮《う》かぶ
原始《げんし》の島々《しまじま》が見えて

この胸《むね》の不安《ふあん》や悩《なや》みや悲しみが
泡《あわ》になって漂《ただよ》いながら
沖《おき》へ沖へと流されていくのを感じた

卒業《そつぎょう》

早春《そうしゅん》のカレッジに
ひびいていた　フルートの音色《ねいろ》
明るい笑《わら》い声

卒業を前にして　学生たちは
おだやかな時間に　浸《ひた》っていた

それは　支流《しりゅう》の水が
大川にそそぐ手前の窪《くぼ》みで

静かに憩《いこ》っているようなひとときだった

そんなきれいな時間の水たまりに
別れを告《つ》げて
渦巻《うずま》く水流《すいりゅう》の彼方《かなた》へ
みんなみんな消えてしまった

卯《う》の花

坂道《さかみち》を下っていると
線路《せんろ》のむこうの山すそに
おもいがけなく卯の花を見た

卯の花は幼《おさな》い頃《ころ》から
私《わたし》の心に咲《さ》いている花

「いい子ね　またおいでね」
卯の花の咲いた小道《こみち》で

頭を撫《な》でてくれたおばさんは
今ごろどうしているだろう

あわのような花の茂《しげ》みが
再会《さいかい》をなつかしむ人のように
青空の下でゆれている

あいちゃんとでんわ

あいちゃんはね　でんわがね
とってもふしぎよ　ふしぎ
おばあちゃんは　いないのに
声だけきこえるの
あいちゃん
あいちゃんって　いうけれど
おばあちゃんは　どこにいるんだろ
あいちゃんはね　へやじゅうを
くるくる　さがしたよ

あいちゃんはね　でんわがね
やっぱりふしぎよ　ふしぎ
おばあちゃんは　いないのに
おうたもうたうのよ
ばあば
ばあばって　よんでみても
おばあちゃんは　おへんじするだけよ
あいちゃんはね　げんかんを
なんども　のぞいたよ

虫のお店屋さん

みの虫父さん　なんでしょか
私《わたし》は元気な　大工《だいく》さん
枯《か》れ草《くさ》枯れ枝《えだ》　わらのくず
せっせせっせと　くみたてる

くもの兄さん　なんでしょか
私はまじめな　糸屋《いとや》さん
あちらの木から　こちらまで
せっせせっせと　糸をはる

こおろぎ姉《ねえ》さん　なんでしょか
私は夢《ゆめ》見る　ギタリスト
きれいなメロディ　いもばたけ
せっせせっせと　ながしてる

笹舟《ささぶね》

雪どけの水は
岸辺《きしべ》の草をゆらしながら
勢《いきお》いよく　流れていた

笹舟が　川を下《くだ》って
無事に海へ辿《たど》り着いたら
世界中が幸《しあわ》せになると
信じていたが……

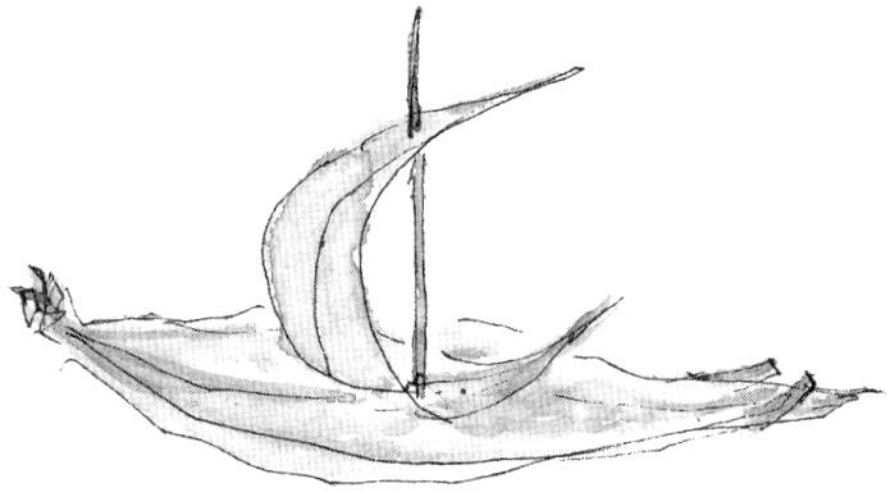

そんな無心《むしん》さは
もう　消えたはずなのに
足もとを過ぎる　水のゆくえを想《おも》うとき

いつか流した笹舟が
紺碧《こんぺき》の海で
銀色に輝《かがや》くのが見えてきて

それは春の光になって
霞《かすみ》のむこうから　近づいてくる

月光

月光が　やつれた横顔《よこがお》を照《て》らしていた
病院のベッドに横たわる父の背中《せなか》を
撫《な》でればなつかしい匂《にお》いがした
背負《せお》われたころの匂いだった

激《はげ》しい痛《いた》みが　一時《いっとき》途絶《とだ》え
束《つか》の間の父と娘《こ》の談話《だんわ》が始まる
裏山《うらやま》でわらびを採《と》ったことや
花火見物の思い出を語れば

そんな時は　いつだって
お前は背中で童謡《どうよう》を歌っていたぞ　と
言葉を返した父

月光が　滝水《たきみず》のように注《そそ》ぐ病室で
私《わたし》はその夜《よ》　童謡《どうよう》を歌った
あくる日が永遠《とわ》の別れになるとも知らず
幼児《おさなご》のように　歌い続けていた

誕生日《たんじょうび》のあなたへ

聞こえますか
こずえの新芽《しんめ》の
ささやきが

見えますか
ともしたろうそくの
しあわせ色が

かおりますか

今開いた
白バラの　ことづてが
今日を主役の
やさしいあなた
わかりますか
心が
私《わたし》の　皆々《みなみな》の
祝福《しゅくふく》の心が……

とうろう流し

赤いとうろう浮《う》かべれば
水は赤く燃《も》えてくる
青いとうろう浮かべれば
水は青く燃《も》えてくる

燃える水のその下に
焼《や》けてただれた街《まち》がある
押《お》しつぶされた声がある

たえず水底《みずそこ》をのぞきながら
わが子を探《さが》す母親のように
あっちにゆれ　こっちにゆれ
夜の川すじをたどる　とうろう

川べりで　じっと見送る瞳《ひとみ》の奥《おく》に
遠く小さく　にじむまで

あとがき

花を見れば花と同じに
葉ずれのさやぎを聞けばそのように
私の心にも　きらめきたゆたうものがある。

これは私の古いノートの一文です。

その「きらめきたゆたうもの」を言葉で書き表したい……そう願いつづけて数十年たちました。でもそれはいつも、森の奥の泉のように、私が両手ですくおうとすると指をすり抜け消えてしまうのでした。

小さいころから童謡が好きで、お人形を相手によく歌っていました。時には思いつくままの言葉に勝手にメロディをつけて、いい気分で歌っていました。もちろん童謡を作ろうなどという気持ちはなく、ただ楽しいからそうしていたのでした。けれどもそれは、子供の時代で終わっていました。

幼稚園のころだったでしょうか。きれいなピンクのカーネーションの、ひだの多い迷路のようなはなびらの奥に、何か不思議なものが潜んでいるようで、

時々じっと見ていたのを記憶しています。この何か不思議なものこそが「きらめきたゆたうもの」ではなかったかと今にして思うのです。

誰しもが生まれてくる前に、天から与えられている豊かな感性、それをそのまま引き継いでいる子供にとって、毎日の生活そのものが「きらめきたゆたうもの」なのでしょう。その貴重なものを少しずつ少しずつ失いながら、大人になったことを残念に思います。

けれども私は詩を書くことによって、すばらしい方々にめぐりあうことが出来たのです。

宮中雲子先生――以前は、はるか彼方の星のような存在だった先生に、私は不思議な引力に導かれるようにして、いつしか近づいておりました。先生の御指導のもとに「木曜会」や「日本童謡協会」で詩を発表することが出来ました。

その春の日差しのような、菜の花のようなまなざしに包まれて、私は今、子供のころの感覚をほんの少しずつ取り戻している気がします。

わがままで、身のほど知らずの私が先生に「詩のようにかろやかな序文を」とお願いしましたら、もったいないほどのすばらしい序詩をいただきました。うれしくうれしく思います。

それから宮田滋子先生、木曜会編集部の皆様、かつて「木曜手帖」に載せていただいた作品を詩集にまとめることが出来ました。ありがとうございました。サンリオ出版の「いちごえほん」に掲載された詩も数篇入っております。どれも思い出深い作品です。

そして、詩にすてきな曲をつけてくださった作曲家の先生方や、とてもきれいな絵を描いていただいた阿見みどり先生に深く感謝しております。西野真由美様をはじめ銀の鈴社の皆様にも、大変お世話になりました。

沢山の方々のお力添えによりまして、初めての詩集が出来あがりました。

いつかきっと、心の中の「きらめきたゆたうもの」を、この手ですくうことが出来る――、それを信じて虹に向かって、日々精進していきたいと思います。

最後に、この詩集を、そのお手にとって読んでくださった皆様に、心からお礼申し上げます。

二〇一六年　すずらんの咲くころに

宮本美智子

作曲者

あかちゃんうまれた朝だから	藤脇千洋
いちごとりんご	藤脇千洋
小さな浜辺	加藤朋子
うさぎのマイク	高月啓充　八木英二
地面に電車を　かいたらね	鈴木雅晴
しゃぼんだまの中に	藤脇千洋
虫のお店屋さん	鏑木睦子　溝上日出夫 補作

詩・宮本　美智子（みやもと　みちこ）

1948年　広島県に生まれる
鈴峯女子短期大学卒
1989年～2006年　木曜会に入会
宮中雲子、宮田滋子両氏に師事
1991年～1995年　主婦の友通信教室で若谷和子・宮中雲子両氏に師事
2001年　日本童謡協会入会
現在、年間童謡詩集「こどものうた」等に作品を発表している

絵・阿見《あみ》みどり（本名　柴崎　俊子）

1937年長野県飯田生まれ。学齢期は東京自由ヶ丘から疎開し、有明海の海辺の村や、茨城県霞ヶ浦湖畔の阿見町で過ごす。都立白鴎高校を経て、東京女子大学国語科卒業。卒業論文は「万葉集の植物考」。日本画家の長谷川朝風（院展特待）に師事する。神奈川県鎌倉市在住。

NDC911
神奈川　銀の鈴社　2016
92頁　21cm（夢の中に　そっと）

ジュニアポエムシリーズ　258　2016年5月28日発行
本体1,600円＋税

夢の中に　そっと

著　者　詩・宮本美智子©　絵・阿見みどり©
発行者　柴崎聡・西野真由美
編集発行　㈱銀の鈴社　TEL 0467-61-1930　FAX 0467-61-1931
〒248-0005　神奈川県鎌倉市雪ノ下3-8-33
http://www.ginsuzu.com
E-mail info@ginsuzu.com

ISBN978－4－87786－262－6　C8092　印刷　電算印刷
落丁・乱丁本はお取り替え致します　製本　渋谷文泉閣

…ジュニアポエムシリーズ…

1 鈴木敏史・詩集 宮下琢郎・絵 星の美しい村 ★☆

2 小池知子・詩集 高志孝子・絵 おにわいっぱいぼくのなまえ ★☆

3 鶴岡千代子・詩集 武田淑子・絵 白い虹 児文芸新人賞

4 楠木しげお・詩集 久保雅勇・絵 カワウソの帽子

5 津坂治男・詩集 垣内美穂・絵 大きくなったら ★◇

6 後藤れい子・詩集 山本まつ子・絵 あくたれぼうずのかぞえうた

7 北村蔦子・詩集 柿本幸造・絵 あかちんらくがき

8 吉田瑞穂・詩集 吉田翠・絵 しおまねきと少年 ★⊠◎

9 新川和江・詩集 葉祥明・絵 野のまつり ★☆

10 阪田寛夫・詩集 織茂恭子・絵 夕方のにおい ★◆○☆

11 高田敏子・詩集 若山憲・絵 枯れ葉と星 ★☆

12 原田直友・詩集 吉田翠・絵 スイッチョの歌 ★◎

13 小林純一・詩集 久保雅勇・絵 茂作じいさん ★●◉☆◎

14 谷川俊太郎・詩集 長新太・絵 地球へのピクニック ★◎

15 与田準一・詩集 深沢省三・深沢紅子・絵 ゆめみることば ★

16 岸田衿子・詩集 中谷千代子・絵 だれもいそがない村

17 江間章子・詩集 榊原直美・絵 水と風 ◇◎

18 原田直友・詩集 小野まり・絵 虹―村の風景― ★

19 福田正夫・詩集 福田達夫・絵 星の輝く海 ★☆

20 草野心平・詩集 長野ヒデ子・絵 げんげと蛙 ★☆○◇

21 宮田滋子・詩集 青木まさる・絵 手紙のおうち ☆○

22 久保田昭三・詩集 斎藤彬子・絵 のはらでさきたい

23 鶴岡千代子・詩集 加倉井和夫・武田淑子・絵 白いクジャク ★●

24 尾上尚子・詩集 まど・みちお・絵 そらいろのビー玉 ★☆ 児文協新人賞

25 水上紅・詩集 深沢紅子・絵 私のすばる ☆

26 野呂昶・詩集 福島一二三・絵 おとのかだん ★

27 こやま峰子・詩集 武田淑子・絵 さんかくじょうぎ ☆

28 青戸かいち・詩集 駒宮録郎・絵 ぞうの子だって

29 まきたかし・詩集 福田達夫・絵 いつか君の花咲くとき ★☆♡

30 薩摩忠・詩集 駒宮録郎・絵 まっかな秋 ★☆♡

31 新川和江・詩集 福島一二三・絵 ヤァ!ヤナギの木 ★☆○♡

32 井上靖・詩集 駒宮録郎・絵 シリア沙漠の少年 ★☆♡

33 古村徹三・詩・絵 笑いの神さま

34 江上波夫・詩集 青空風太郎・絵 ミスター人類 ○☆

35 秋原秀夫・詩集 鈴木義治・絵 風の記憶 ★◎

36 水村三千夫・詩集 武田淑子・絵 鳩を飛ばす

37 久冨純江・詩集 渡辺安芸夫・絵 風車 クッキングポエム

38 日野生三・詩集 吉野晃希男・絵 雲のスフィンクス ★

39 佐藤雅子・詩集 佐藤太清・広瀬きよみ・絵 五月の風 ★

40 小黒恵子・詩集 武田淑子・絵 モンキーパズル ★

41 木村信子・詩集 山本典子・絵 でていった

42 中野栄子・詩集 吉田翠・絵 風のうた ☆

43 宮田滋子・詩集 牧村慶子・絵 絵をかく夕日 ★

44 大久保テイ子・詩集 渡辺安芸夫・絵 はたけの詩 ★☆

45 秋原秀夫・詩集 赤星亮衛・絵 ちいさなともだち ♥

☆日本図書館協会選定
★全国学校図書館協議会選定（SLA）
□少年詩賞　■茨城県すいせん図書
○厚生省中央児童福祉審議会すいせん図書
●日本童謡賞　♧岡山県選定図書
♡日本子どもの本研究会選定
♥秋田県選定図書
♣愛媛県教育会すいせん図書
◇岩手県選定図書
◆京都府選定図書
⊠芸術選奨文部大臣賞
◉赤い鳥文学賞　◆赤い靴賞

…ジュニアポエムシリーズ…

- 46 日友靖子詩集　藤城清治・安西明美・絵　猫曜日だから ◆☆
- 47 秋葉てる代詩集　武田淑子・絵　ハープムーンの夜に ♡
- 48 こやま峰子詩集　山本省三・絵　はじめのいーっぽ ★♡
- 49 黒柳啓子詩集　金子滋・絵　砂かけ狐 ♡
- 50 三枝ますみ詩集　武田淑子・絵　ピカソの絵 ☆♡●
- 51 夢虹二詩集　武田淑子・絵　とんぼの中にぼくがいる ♡○♥
- 52 はたちよしこ詩集　まど・みちお・絵　レモンの車輪 □✤
- 53 大岡信詩集　葉祥明・絵　朝の頌歌 ★☆♡♥◎
- 54 吉田瑞穂詩集　吉田翠・絵　オホーツク海の月 ★☆♡
- 55 さとう恭子詩集　村上保・絵　銀のしぶき ★☆♡
- 56 星乃ミミナ詩集　葉祥明・絵　星空の旅人 ★☆♡
- 57 葉祥明詩・絵　ありがとう そよ風 ★♡▲
- 58 青戸かいち詩集　初山滋・絵　双葉と風
- 59 小野ルミ詩集　和田誠・絵　ゆきふるるん ★☆●♡
- 60 なぐもはるき詩・絵　たったひとりの読者 ★♡✤
- 61 小関秀夫詩集　小倉玲子・絵　風《かぜ》　栞《しおり》 ★♡♥
- 62 海沼松世詩集　守下さおり・絵　かげろうのなか ☆♡
- 63 山本龍生詩集　小倉玲子・絵　春行き一番列車 ♡
- 64 小泉周二詩集　深沢省三・絵　こもりうた ★☆♡
- 65 かわてせいぞう詩集　若山憲・絵　野原のなかで ♡★♥
- 66 えぐちまき詩集　赤星亮衛・絵　ぞうのかばん ♡◆♥
- 67 池田あきつ詩集　小倉玲子・絵　天気雨 ♡
- 68 藤井則行詩集　君島美知子・絵　友へ ♡♤
- 69 藤哲生詩集　武田淑子・絵　秋いっぱい ★♠
- 70 日友靖子詩集　深沢紅子・絵　花天使を見ましたか ★
- 71 吉田瑞穂詩集　吉田翠・絵　はるおのかきの木 ★
- 72 小島禄琅詩集　中村陽子・絵　海を越えた蝶 ☆★♥♡
- 73 にしおまさこ詩集　杉田幸子・絵　あひるの子 ★
- 74 山下竹二詩集　徳田徳志芸・絵　レモンの木 ★
- 75 高崎乃理子詩集　奥山英俊・絵　おかあさんの庭 ★♡
- 76 檜きみこ詩集　広瀬弦・絵　しっぽいっぽん ★●□☆♡
- 77 たかはしけいこ詩集　高田三郎・絵　おかあさんのにおい ♡♣□
- 78 星乃ミミナ詩集　深澤邦朗・絵　花かんむり ♥☆♡
- 79 佐藤照雄詩集　津波信久・絵　沖縄　風と少年 ☆♡★
- 80 相馬梅子詩集　やなせたかし・絵　真珠のように ♥★
- 81 小島禄琅詩集　深沢紅子・絵　地球がすきだ ★
- 82 鈴木美智子詩集　黒澤梧郎・絵　龍のとぶ村 ◇★♥
- 83 いがらしれいこ詩集　高田三郎・絵　小さなてのひら ☆
- 84 宮入黎子詩集　小倉玲子・絵　春のトランペット ☆★
- 85 下田喜久美詩集　方振寧・絵　ルビーの空気をすいました ☆
- 86 野呂昶詩集　方振寧・絵　銀の矢ふれふれ ★
- 87 ちよはらまちこ詩集　ちよはらまちこ・絵　パリパリサラダ ★
- 88 秋原秀夫詩集　徳田徳志芸・絵　地球のうた ☆★
- 89 中島あやこ詩集　井上緑・絵　もうひとつの部屋 ★
- 90 藤川こうのすけ詩集　葉祥明・絵　こころインデックス ☆

✼サトウハチロー賞　✣毎日童謡賞
☼三木露風賞
♤福井県すいせん図書
▲神奈川県児童福祉審議会推薦優良図書
♠奈良県教育研究会すいせん図書
✤北海道選定図書　❀三越左千夫少年詩賞
◈静岡県すいせん図書
◎学校図書館図書整備協会選定図書（SLBA）

…ジュニアポエムシリーズ…

91	新井和詩集　高田三郎・絵	おばあちゃんの手紙	☆★
92	はなわたえこ詩集　えばとかつこ・絵	みずたまりのへんじ	★●
93	柏木恵美子詩集　武田淑子・絵	花のなかの先生	☆
94	中原千津子詩集　寺内直美・絵	鳩への手紙	★
95	高瀬美代子詩集　小倉玲子・絵	仲なおり	★
96	杉本深由起詩集　若山憲・絵	トマトのきぶん	☆★◎ 児文芸新人賞
97	宍倉さとし詩集　守下さおり・絵	海は青いとはかぎらない	♧
98	石井英行詩集　有賀忍・絵	おじいちゃんの友だち	■
99	なかのひろ詩集　アサト・シェラ・絵	とうさんのラブレター	☆★
100	小松静江詩集　藤川秀之・絵	古自転車のバットマン	
101	石原一輝詩集　加藤真夢・絵	空になりたい	☆✧★
102	小泉周二詩集　西真里子・絵	誕生日の朝	☆■★
103	くすのきしげのり童謡　わたなべあきお・絵	いちにのさんかんび	☆★
104	成本和子詩集　小倉玲子・絵	生まれておいで	☆★✧♡♧
105	伊藤政弘詩集　小倉玲子・絵	心のかたちをした化石	★
106	川崎洋子詩集　井戸妙子・絵	ハンカチの木	□★☆
107	柘植愛子詩集　油野誠一・絵	はずかしがりやのコジュケイ	✧
108	新谷智恵子詩集　葉祥明・絵	風をください	☆◈✺●♡✚
109	金親尚子詩集　牧進・絵	あたたかな大地	☆
110	黒柳啓子詩集　吉田翠・絵	父ちゃんの足音	☆★♡□
111	富田栄子詩集　油野誠一・絵	にんじん笛	♡☆
112	原国子詩集　高畠純・絵	ゆうべのうちに	☆
113	宇部京子詩集　スズキコージ・絵	よいお天気の日に	○□●☆◇★
114	武鹿悦子詩集　牧野鈴子・絵	お花見	☆□
115	山本なおこ詩集　梅田俊作・絵	さりさりと雪の降る日	☆★
116	小林比呂古詩集　おおた慶文・絵	ねこのみち	☆
117	後藤れい子詩集　渡辺あきお・絵	どろんこアイスクリーム	☆
118	重清良吉詩集　高田三郎・絵	草の上	☆□✿◆★
119	宮中雲子詩集　西真里子・絵	どんな音がするでしょか	✼★
120	前山敬子詩集　若山憲・絵	のんびりくらげ	☆★
121	川端律子詩集　若山憲・絵	地球の星の上で	♡
122	たかはしけいこ詩集　織茂恭子・絵	とうちゃん	♡✿♣★
123	宮田滋子詩集　深澤邦朗・絵	星の家族	☆●
124	国沢たまき詩集　唐沢静・絵	新しい空がある	
125	池田あきつ詩集　小倉玲子・絵	かえるの国	★
126	黒田恵子詩集　倉島千賀子・絵	ボクのすきなおばあちゃん	☆★♡
127	垣内磯子詩集　宮崎照代・絵	よなかのしまうまバス	☆♡★
128	小泉周二詩集　佐藤平八・絵	太陽へ	✿★●☆♡
129	中島和子詩集　秋里信子・絵	青い地球としゃぼんだま	☆★
130	のろさかん詩集　福島一二三・絵	天のたて琴	☆
131	加藤丈夫詩集　葉祥明・絵	ただ今受信中	☆★
132	北原悠子詩集　深沢紅子・絵	あなたがいるから	♡
133	池田もと子詩集　小倉玲子・絵	おんぷになって	♡
134	鈴木初江詩集　吉田翠・絵	はねだしの百合	★
135	垣内磯子詩集　今井俊・絵	かなしいときには	★

△長野県教育委員会すいせん図書　☆(財)日本動物愛護協会推薦図書
◈茨城県推奨図書

…ジュニアポエムシリーズ…

136 秋葉てる代詩集・やなせたかし・絵　おかしのすきな魔法使い　●★
137 青戸かいち詩集・永田萠・絵　小さなさようなら　✿★
138 柏木恵美子詩集・高田三郎・絵　雨のシロホン　♡★
139 藤井則行詩集・阿見みどり・絵　春だから　♡★◎
140 黒田勲子詩集・山中冬二・絵　いのちのみちを
141 南郷芳明詩集・的場豊子・絵　花時計
142 やなせたかし詩・絵　生きているってふしぎだな
143 内田麟太郎詩集・斎藤隆夫・絵　うみがわらっている
144 しまざきふみ詩集・島崎奈緒・絵　こねこのゆめ　♡
145 糸永えつこ詩集・武井武雄・絵　ふしぎの部屋から　♡
146 石坂きみこ詩集・鈴木英二・絵　風の中へ　♡
147 坂本のこ詩集・坂本こう・絵　ぼくの居場所　♡
148 島村木綿子詩・絵　森のたまご　✿
149 楠木しげお詩集・わたせせいぞう・絵　まみちゃんのネコ　★
150 牛尾良子詩集・上矢津・絵　おかあさんの気持ち　♡
151 三越左千夫詩集・阿見みどり・絵　せかいでいちばん大きなかがみ　★
152 水村三千夫詩集・高見八重子・絵　月と子ねずみ
153 川越文子詩集・横松桃子・絵　ぼくの一歩ふしぎだね　★
154 すずきゆかり詩集・葉祥明・絵　まっすぐ空へ
155 西田純詩集・葉祥明・絵　木の声 水の声
156 清野倭文子詩集・水科舞・絵　ちいさな秘密《ひみつ》
157 川奈静詩集・直江みちる・絵　浜ひるがおはパラボラアンテナ　★◎
158 若木良水詩集・西真里子・絵　光と風の中で
159 牧陽子詩集・渡辺あきお・絵　ねこの詩　★◎
160 宮田滋子詩集・阿見みどり・絵　愛 一輪　★◎
161 井上灯美子詩集・唐沢静・絵　ことばのくさり　☆●
162 滝波万理子詩集・滝波裕子・絵　みんな王《おう》様《さま》　★●
163 冨岡みち詩集・関口コオ・絵　かぞえられへん せんぞさん　★
164 垣内磯子詩集・辻恵子・切り絵　緑色のライオン　★◎
165 すぎもとれいこ詩集・平井辰夫・絵　ちょっといいことあったとき　★
166 岡田喜代子詩集・おぐらひろかず・絵　千年の音　★☆◎
167 川奈静詩集・直江みちる・絵　ひもの屋さんの空　★◎☆♥♡
168 鶴岡千代子詩集・武田淑子・絵　白い花火　★☆
169 井上灯美子詩集・唐沢静・絵　ちいさい空をノックノック　★◎☆
170 尾崎杏子詩集・ひなた山すじゅう郎・絵　海辺のほいくえん　☆♡★◎
171 柘植愛子詩集・やなせたかし・絵　たんぽぽ線路　☆♡★◎●
172 小林比呂古詩集・うめざわのりお・絵　横須賀スケッチ　☆★◎♡▲
173 林佐知子詩集・串田敦子・絵　きょうという日　☆★◎♡▲
174 後藤基宗子詩集・岡澤由紀子・絵　風とあくしゅ　☆♥★◎♡
175 土屋律子詩集・高瀬のぶえ・絵　るすばんカレー　☆♡★◎▲
176 三輪アイ子詩集・深沢邦朗・絵　かたぐるましてよ　★☆♡
177 田辺瑞美子詩集・西真里子・絵　地球賛歌　☆★◎
178 高瀬美代子詩集・小倉玲子・絵　オカリナを吹く少女　☆♡
179 中野惠子詩集・串田敦子・絵　コロポックルでておいで　★♡☆●
180 松井節子詩集・阿見みどり・絵　風が遊びにきている　★☆♡▲

…ジュニアポエムシリーズ…

181 新谷智恵子詩集 徳田徳志芸・絵 とびたいペンギン 佐世保文学賞 ♡★◎ ▲

182 牛尾良子詩集 牛尾征治・写真 庭のおしゃべり ♡★◎

183 三枝ますみ詩集 髙見八重子・絵 サバンナの子守歌 ☆★

184 佐藤雅子詩集 佐藤太清 菊池治子・絵 空の牧《まき》場《ば》 ☆★♡ ■◎◈

185 山内弘子詩集 おぐらひろかず・絵 思い出のポケット ♡★●

186 山内弘子詩集 阿見みどり・絵 花の旅人 ♡★▲

187 原国子詩集 牧野鈴子・絵 小鳥のしらせ ♡★△ ◎

188 人見敬子詩・絵 方《はこ》舟《ぶね》地球号 —いのちは元気— ♡★◎

189 林佐知子詩集 串田敦子・絵 天にまっすぐ ★☆♡ ◎

190 小臣富子詩集 渡辺あきお・絵 わんさかわんさかどうぶつさん ✡♡★ ◎

191 川越文子詩集 かまだちえみ・写真 もうすぐだからね ♡★◎

192 永田喜久男詩集 武田淑子・絵 はんぶんごっこ ☆★◎ ♡

193 吉田房子詩集 大和田明代・絵 大地はすごい ★◎♡

194 石井春香詩集 髙見八重子・絵 人魚の祈り ★♡

195 石原一輝詩集 小倉玲子・絵 雲のひるね ♡

196 たかはしけいこ詩集 髙橋敏彦・絵 そのあと ひとは ★

197 宮田滋子詩集 おおた慶文・絵 風がふく日のお星さま ★♡◎

198 渡辺恵美子詩集 つるみゆき・絵 空をひとりじめ ★♡●

199 宮中雲子詩集 西真里子・絵 手と手のうた ★

200 杉本深由起詩集 太田大八・絵 漢字のかんじ ★♡✤

201 井上灯美子詩集 唐沢静・絵 心の窓が目だったら ★♡

202 峰松晶子詩集 おおた慶文・絵 きばなコスモスの道 ★♡

203 高橋文子詩集 山中桃子・絵 八丈太鼓 ★♡

204 長野貴子詩集 武田淑子・絵 星座の散歩 ★♡

205 江口正子詩集 髙見八重子・絵 水の勇気 ♡☆★

206 藤本美智子詩・絵 緑のふんすい ☆♡★

207 林佐知子詩集 串田敦子・絵 春はどどど ♡★◎

208 小関秀夫詩集 阿見みどり・絵 風のほとり ☆♡★

209 宗美津子詩集 宗信寛・絵 きたのもりのシマフクロウ ♡★

210 かわてせいぞう詩集 髙橋敏彦・絵 流れのある風景 ☆♡★

211 土屋律子詩集 高瀬のぶえ・絵 ただいまぁ ★♡☆ ◎

212 永田喜久男詩集 武田淑子・絵 かえっておいで ☆♡★

213 みたみちこ詩集 牧進・絵 いのちの色 ♡★

214 糸永えつこ詩集 糸永わかこ・絵 母です 息子です おかまいなく ♡☆★

215 宮田滋子詩集 武田淑子・絵 さくらが走る ♡☆★ ●

216 柏木恵美子詩集 吉野晃希男・絵 ひとりぼっちの子クジラ ♡★◎

217 江口正子詩集 髙見八重子・絵 小さな勇気 ♡☆★

218 井上灯美子詩集 唐沢静・絵 いろのエンゼル ★♡

219 中島あやこ詩集 日向山寿十郎・絵 駅伝競走 ★☆♡

220 高橋孝治詩集 髙見八重子・絵 空の道 心の道 ★♡

221 江口正子詩集 日向山寿十郎・絵 勇気の子 ♡☆★

222 宮田滋子詩集 牧野鈴子・絵 白鳥よ ☆★

223 井上良子詩集 銅版画 太陽の指環 ★

224 川越文子詩集 山中桃子・絵 魔法のことば ♡☆★

225 西本みさこ詩集 上司かのん・絵 いつもいっしょ ☆♡

…ジュニアポエムシリーズ…

226 おばらいちこ詩集 髙見八重子・絵 ぞうのジャンボ ☆★♡
227 吉田房子詩集 本田あまね・絵 まわしてみたい石臼 ★♡
228 吉田房子詩集 阿見みどり・絵 花　詩　集 ★♡◎
229 田中たみ子詩集 唐沢静・絵 へこたれんよ ★◎
230 林佐知子詩集 串田敦子・絵 この空につながる ★♡
231 藤本美智子 詩・絵 心のふうせん ★♡
232 火星雅範詩集 西川律子・絵 ささぶねうかべたよ ★♡▲
233 吉田房子詩集 岸田歌子・絵 ゆりかごのうた ★♡
234 むらかみみちこ詩集 むらかみみちこ・むらかみあくる・絵 風のゆうびんやさん ★♡
235 白谷玲花詩集 阿見みどり・絵 柳川白秋めぐりの詩 ★♡
236 ほさかとしこ詩集 内山つとむ・絵 神さまと小鳥 ★☆♡
237 内田麟太郎詩集 長野ヒデ子・絵 まぜごはん ☆★◎♡
238 小林比呂古詩集 出口雄大・絵 きりりと一直線 ♡★
239 牛尾良子詩集 おぐらひろかず・絵 うしの土鈴とうさぎの土鈴 ★◎♡
240 山本純子詩集 ルイコ・絵 ふ　ふ　ふ ★♡☆◎
241 神田亮 詩・絵 天使の翼 ★☆♡
242 かんざわみえ詩集 阿見みどり・絵 子供の心大人の心さ迷いながら ☆★◎
243 永田喜久男詩集 内山つとむ・絵 つながっていく ★☆♡
244 浜野木碧 詩・絵 海原散歩 ☆★◎♡
245 やまうちしゅうへい詩集 山本省三・絵 風のおくりもの ☆★◎♡
246 すぎもとれいこ 詩・絵 てんきになあれ ★
247 冨岡みち詩集 加藤真夢・絵 地球は家族 ひとつだよ ♡☆
248 北野千賀詩集 滝波裕子・絵 花束のように ♡☆★
249 石原一輝詩集 加藤真夢・絵 ぼくらのうた ♡★
250 土屋律子詩集 高瀬のぶえ・絵 まほうのくつ ♡☆
251 津坂治男詩集 井上良子・絵 白い太陽 ☆♡
252 石井英行詩集 よしだちなつ・表紙絵 野原くん ☆★♡
253 井上灯美子詩集 唐沢静・絵 たからもの ☆♡
254 大竹典子詩集 加藤真夢・絵 おたんじょう ☆
255 たかはしけいこ詩集 織茂恭子・絵 流れ星
256 谷川俊太郎詩集 下田昌克・絵 そ　し　て
257 なんば・みちこ詩集 布下満・絵 トックントックン 大空で大地で
258 宮本美智子詩集 阿見みどり・絵 夢の中に そっと

＊刊行の順番はシリーズ番号と異なる場合があります。

ジュニアポエムシリーズは、子どもにもわかる言葉で真実の世界をうたう個人詩集のシリーズです。

本シリーズからは、毎回多くの作品が教科書等の掲載詩に選ばれており、1974年以来、全国の小・中学校の図書館や公共図書館等で、長く、広く、読み継がれています。

心を育むポエムの世界。

一人でも多くの子どもや大人に豊かなポエムの世界が届くよう、ジュニアポエムシリーズはこれからも小さな灯をともし続けて参ります。

銀の小箱シリーズ

- 葉 祥明 詩・絵　小さな庭
- 若山 憲 詩・絵　白い煙突
- こばやしひろこ・詩 うめざわのりお・絵　みんななかよし
- 江口 正子・詩 油野 誠一・絵　みてみたい
- やなせたかし 詩・絵　あこがれよなかよくしよう
- 冨岡 みち・詩 関口 コオ・絵　ないしょやで
- 小林比呂古・詩 神谷 健雄・絵　花かたみ
- 小泉 周二・詩 辻 友紀子・絵　誕生日・おめでとう
- 柏原 耿子・詩 阿見みどり・絵　アハハ・ウフフ・オホホ★♡▲
- こばやしひろこ・詩 うめざわのりお・絵　ジャムパンみたいなお月さま★

すずのねえほん

- たかはしけいこ・詩 中釜浩一郎・絵　わたし★◎
- 尾上 尚子・詩 小倉 玲子・絵　ぽわぽわん
- 糸永えつこ・詩 高見八重子・絵　はるなつあきふゆもうひとつ★ 児文芸新人賞
- 山口 敦子・詩 高橋 宏幸・絵　ばあばとあそぼう
- あらい・まさはる・童謡 しのはらはれみ・絵　けさいちばんのおはようさん
- 佐藤 雅子・詩 佐藤 太清・絵　こもりうたのように● 日本童謡賞　美しい日本の12ヵ月
- 柏木 隆雄・詩 やなせたかし他・絵　かんさつ日記★♡

アンソロジー

- 渡辺 浦人・編 村上 保・絵　赤い鳥 青い鳥●
- わたげの会・編 渡辺あきお・絵　花ひらく★
- 木 曜会・編 西 真里子・絵　いまも星はでている★
- 木 曜会・編 西 真里子・絵　いったりきたり♡
- 木 曜会・編 西 真里子・絵　宇宙からのメッセージ
- 木 曜会・編 西 真里子・絵　地球のキャッチボール★◎
- 木 曜会・編 西 真里子・絵　おにぎりとんがった☆★◎
- 木 曜会・編 西 真里子・絵　みぃーつけた♡★◎
- 木 曜会・編 西 真里子・絵　ドキドキがとまらない
- 木 曜会・編 西 真里子・絵　神さまのお通り★
- 木 曜会・編 西 真里子・絵　公園の日だまりで★♡

掌の本　アンソロジー

こころの詩Ⅰ
しぜんの詩Ⅰ
いのちの詩Ⅰ
ありがとうの詩Ⅰ
詩集　希望
詩集　家族
いのちの詩集―いきものと野菜
ことばの詩集―方言と手紙
詩集―夢・おめでとう
詩集―ふるさと・旅立ち

心に残る本を　そっとポケットに　しのばせて…
・A7判（文庫本の半分サイズ）　・上製、箔押し